움직여라

송근주 제4시집

시사랑 음악사랑

시인의 말

숨을 쉬는 움직임, 꼼지락거리는 움직임, 큰 동작 작은 동작을 통해 나는 움직이려 한다. 살아있다는 의식과 무의식이 내재된 움직임이다.

순간의 들숨과 날숨을 통한 나의 존재감을 깨우는 순간이기에 그렇다. 한순간 한순간 움직임이 없는 삶은 살아있다는 감정을 느낄 수 없다.

참을 수 없는 존재감에 대한 자아 성찰을 깨달아 가는 목적도 목표도 없는 도망가기에 급급한 모습으로 다가오기에 움직이려 한다.

우주를 향한 도전장을 던진다. 내 몸의 움직임이 숨소리에 묻혀 있는 우주를 향한 아우성이 되기에 그렇다. 깨달았을 때의 숨쉬기는 의도적으로 헉헉대는 가쁜 숨을 몰아간다. 깨달음이 없는 숨소리는 무의식의 숨소리로 알아차릴 수 없다. 진정 깨달았기에 나를 살리는 움직임의 숨쉬기가 되어 있다. 무의식의 존재를 알아차리지 않아도 진정한 움직임을 살아가고 있는 것이다.

자연스럽다는 움직임의 속성과 본능이다. 자발적이며 의도하지 않아도 알아서 찾아가는 자연스러운 살아가는 움직임이다.

존재하는 그곳은 자아의 마음과 육체가 결합한 곳에 편안함을 가지며 안정을 한다. 살아있다는 느낌을 받아들이지 않아도 아프지 않은 마음 아프지 않은 육체에서 내가 움직이는 힘이요 원동력이 되는 에너지가 발산된다.

마음에서 출발한 움직임이 마음을 지나 육체라는 움직임을 통해 자연과 세상과 우주를 향한 달리기를 한다. 내가 살아있다는 자각을 떠나 우주에 대한 영혼과 육체의 파괴적 움직임이 된다.

이를 통해 움직임은 무의식의 깨달음으로 움직이는 역동적인 삶의 모습을 드러내고 있다.

제4시집 "움직여라"의 제목은 이를 조금이라도 감성을 통해 표현하고자 했다. 숨소리인 들숨과 날숨에 대한 우회적 깨달음을 감성시로 썼다.

시인 송근주

제 1 부

제 2 부

제 3 부

제 4 부

QR코드 스마트폰으로 QR 코드를 스캔하면
시낭송을 감상할 수 있습니다

본문
시낭송
감상하기

제목 : 벌과 나비와 꽃
시낭송 : 박영애

제목 : 감동
시낭송 : 박영애

제목 : 당신을
시낭송 : 박영애

시인은 자연을 이야기하고
시낭송가는 자연을 품었다
글자는 날개를 달아 언어로 날고
소리는 자연에 눕는다

제 1 부

움직여라

가만히 있자니
근질거린다
꿈틀거린다
죽은 듯이 가만히 있어

생명의 웅크림이
공간에 갇히고 있는 듯이
웅크려든다
좁혀 오고 있다

움직이고 싶다
기어서라도
웅크린 가슴을
엉키고 설킨
심장을

두근거리게 한다
쉼 없이 뛰게 한다
움직여야 한다
살기 위한 몸부림이기에

하나로 있다고

두근두근 거꾸로
방망이질을 하는구나
내 영혼이 깨고 있어

내 몸과 함께 가자고
거칠 게 없듯이
몰아쳐 오고 있어

따로 떨어져 있다고
말하고 듣고 하는구나
떨어져 있는 몸과 마음 있어

아니라고 거부하면서
하나로 있다고
저항하고 있구나

진리(眞理)

치료를 받아야 하는 건지
치료를 하여야 하는 건지
갈팡질팡
자유롭게

자유롭게
날개를 달고
나가야 하는 건지
날개를 구겨 넣어야 하는 건지

알다가 모르다
우여곡절 끝에
착륙한 곳이
육지라고

육지가 자유를 가져다주었다고 하는데
자유가 뭔지 알 것 같기도
모르는 게
진리인지

사실이 진리와
다르다는 건지
진실을 사실로
변명이나 왜곡하는 건지

진짜와 가짜

보이는 장면들이
가짜인데
진짜처럼 보이게 하고 있는 게
사실이다

진짜가 진실이라면
가짜는 사실이다
눈에 보이는 게
진짜로 보이는 사실이다

눈 씻고
눈 비비고
쳐다보고
바라보아도

가짜는 사실이고
진짜는 진실이다
가짜와 진짜
알다가 모른다

모른다 안다

모른다 모른다 하면
모르는 거고
안다 안다 하면
아는 거고

모르고 아는 거
아는 거 모르는 거
알다가도 모르겠고
모르다가도 알겠고

횡설수설 떠돌아다니는
행상도 아닌데
장돌뱅이처럼
돌아다니고 있다

모르겠다 정말 모르겠다
알다가도 모르겠다
무엇이 나의 에고이고
무엇이 나의 자존감인가

벌과 나비와 꽃

한곳에 있지를 않아
마구 돌아다녀
오두방정을 떨고 있는 거 같아
부산하게 움직이고 있는 거라지

벌도 나비도
꽃을 찾아 날아다니고 있어
꽃술이 유혹을 하고
꿀 향을 맛보라 하고

살기 위해 종족을 퍼트리기 위해
벌과 나비를 매파로 삼고자 하고
매파로 일해야 살 수 있기에
본능이 하라는 대로 따라 해

살기 위한 상생이라고
서로를 살게 하는 움직임
움직이는 게 사는 거라고
벌과 나비와 꽃이 움직여

제목 : 벌과 나비와 꽃
시낭송 : 박영애
스마트폰으로 QR 코드를 스캔하면
시낭송을 감상할 수 있습니다

걸어라

걸어라
산길도
숲길도
인도도 걸어라

걷는 게
너의 마음을
걸음이
너의 건강을

손으로 쥐었다
손으로 폈다
걸으라고
걸었다고

살아있다는 움직임
살아가는 생명 의지
걷고 걸어서
움직이고 움직여라

하늘 마음

일기가 날씨가
내가 원하는 대로 하는 게 아니지
하늘만 알고 있다고
움직이는 기류를

기분 내키는 대로
하늘이 하는 거 맞겠지
하늘 마음
마음을 알고자 하나

하늘 마음
내가 어떻게 알겠어
비가 오게도 하고
바람을 느끼기도 하지만

하늘은 심술을 부리고
무엇이 불만스러운지
어떤 게 불평스러운지
폭풍을 불러와

움직여라 강화하라

움직여라 움직여라
구부정한 몸을 하고
있더라도 굽어진 몸
움직여라 움직여라

강화하라 강화하라
경직된 근육 강화하라
펴지지 않더라도
펴지게 강화하라

구부리고 굽혀져도
움직여서
구부러진 근육을
펴지게 움직여라

가만히 놓아두면
오그라들어
경직되고 펴지지 않아
움직여라 강화하라

숨쉬기

숨 쉴 수 있는
살아있다는 움직임
숨차다는 움직임
죽어간다는 움직임

숨만 참아도 생명의 위급함
숨을 쉴 수 없는 움직임
살기 위해 발버둥 치면 되는 움직임
숨 쉬려 애쓰는 움직임

살고자 해도 숨쉬기 어려워
쌕쌕거리는 숨찬 움직임
죽음을 부르는 움직임
숨 쉬어야 산다는 움직임

애쓰면 차오르는
쌕쌕거리며 살기 위한 움직임
죽음 아닌 살자는 움직임
숨 쉬자 숨 쉬는 움직임

감동

가슴 벅차게 차오르는 게 있다면
가슴 벅차게 하면 된다
감동이라고 한다

숨 차오르도록 가슴이 벅차다
살아있다는 움직임이 감동으로
벅찬 가슴을 후벼 파고 있다

눈물이 쏟아져 내린다
감동을 움직이는 감정이
눈물샘을 자극하고 있다

감동이 가슴을 적신다
살아 움직이는 감동이
눈물 나도록 살아있다

 제목 : 감동
시낭송 : 박영애
스마트폰으로 QR 코드를 스캔하면
시낭송을 감상할 수 있습니다

향기와 냄새

냄새를 맡을 수 있다
냄새가 향기롭기도 하다
냄새가 고약하다
냄새가 향기를 잃었다

냄새를 맡을 수 있기에
살아있다
냄새를 맡을 수 없기에
죽어 있다

살아있다는 자각을 한다
죽어 있다는 자각을 할까
못한다 죽어서는 못한다
살아있어야만 자각을 한다

움직이는 향기를 맡는다
움직이는 냄새가 난다
죽어서는 못 맡는 향기와 냄새
살아있다는 자각 움직임

숨 쉬는 코

몸이 아니야
동굴의 모습을 갖추고 있어
몸이 아니야
구멍을 뚫어 놓았어

숨 쉬는 구멍
숨구멍으로 숨 쉬고
숨구멍이 살아 움직여
그래야 살아있는 거야

벌렁벌렁 움직이고
에이취 바람을 일으켜
쉬는지 마는지 의식을 까먹고
무의식의 굴레로 움직이지

살아있다는 느낌이 오는지 마는지
알 수 없는 무의식의 세계
그래도 숨을 쉬고 있어
살아있다는 느낌을 몰라도

이름

영혼을 이름으로 알아
몸뚱어리를 이름으로 알아

에고와 자존감을 이름으로 불러
이름을 달아주면 이름이 되잖아

이름을 지어주면 의미를 갖고
몸에게 이름을 지어 주었어

너를 움직이게 하는
이름을 갖게 된 거지

영정사진

바라보고 있어
보고 싶어서겠지
보고 싶으면
시선을 고정해

뚫어지게 봐도 돼
액자에 있는 모습이
내 모습이라고 하네
그림자로 다가오는 내 모습

윤곽이 혈색이 뚜렷해도
못 알아보는데
그림자야 혈색이 없어
죽어 있는 모습 틀에 갇혀 있는 자아

국화와 향냄새
뿜어져 나오는 곳
예식이 치러지고 있는 장소
나를 찾아가야 해

혼례

시집가고 장가가고
가는 거야
시집오고 장가오고
오는 거야

살았기에 사랑했어
혼례 치러

둥실둥실 떠오르는
달밤에는
반짝이는 별빛 보며
생각하는

살고 있어 사랑했어
합방했네

재미있어야 움직이고
재미없어도 움직이고
움직이는 꿈틀거림은
재미있어야 움직이고
재미없어도 움직이고
움직이는 꿈틀거림은
아기 낳네

움직여야 돼

앞으로 뒤로
몸도 움직이고
마음도 움직이고

마음이 먼저냐
몸이 먼저냐
따져 볼 거야

따지고 따져
답이 있어
움직여야 돼

숨을 고르고
숨이 차올라도
움직여야 해

길

길이 아니면
묻지도 말며
길이어도
묻지 말아라

지나가는 길
묻고 가는 길
묻지 말라고
누가 말하나

먹고 살기

벌과 나비가
날아다니면
꽃술에서
술 취하나 봐

술 취해서
벌과 나비는
춤을 추고 있어
먹고 살기야

살기 위해
먹고 사는
이기적인
먹고 살기야

벌과 나비는
자기 살기 위해
움직이고 있어
이기적으로

찾질 못해

좋은 글 좋은 말
너무 많아
내가 만들지 않아
넘쳐나

이쁜 말 이쁜 말
너무 많아
내가 만들지 않아
넘쳐나서

누가 만들었어
묻고 싶어
답이 없어
찾아봤어

찾아도
이름을 지었을까 궁금해도
이름을 지어준
누구를 찾질 못해

아이 실종

아이가 실종되었다고
아이가 사라졌다고
아이가 있는 곳을 찾아

아이는 돌아오지 않아
아이를 실종신고하고
아이가 있을 곳을 찾아

행방불명이 되었어
아이는 학교 간다고
아이는 돌아온다고

아이가 가는 곳을
마지막 보았다는데
아이는 돌아오지 않아

오미크론

강가를 따라 걷는 사람
공원을 산책하는 사람
산과 숲 걸어가는 사람
거리를 두고

스쳐 지나가는
숨결이 움직이고 있어
오미크론이라는 숨결이
침이 튀겨 옮겨 다녀

마스크로 얼굴 감싸고
거리를 둬야 해
아직은 이른 방역 해제
변이 변종이라는 재확산 움직임

코로나19도 움직여
변이 변종이 늘어나면서
움직이고 있어
사람이 움직이게 했어

상징

사랑이라는 말이
그리움이라는 의미가
상징하는 언어를
보내고 있다

고독과 슬픔을
외로움이라 하며
심장을 꿰뚫는 감정으로
껴안아 준다

눈부시게

하늘을 바라보며
허전한 가슴을 쓸어내린다

내려오는 건가
구름에 걸린 마음이 내려오는 건가

빛이 보이는 곳
천국이고 지상낙원이다

눈부시게 눈부시게
마음을 향해 달려오는 빛

머무름

흥건히 적시는 땀
땀이 흐르는 몸
축축하고 끈적거리는
갈증을 일게 하는
머물러 있는 물결

참아야 한다는
타고 흐르는 땀
타오르는 목마름
입술이 불타듯이
메말라 가고

집중이 인내가 되는
땀의 짭짤한 맛
호기심이 인다
내가 여기까지
머물러 있다는

땀을 지켜야 한다
목마름은 여기까지만
참아야 한다
감정을 조절하지 못한
머무름이 있다

긍정의 힘

무소유
긍정적으로 살되
회의적인 부정의 힘에 눌려 살지 않습니다
무한 긍정이 절제되고
목표 의지가 뚜렷해야 하니까요

무소유
내가 살아갈
본능적인 최소 단위는 가져야 한다고 생각합니다
먹어야지만 살아가는 것이니까요
잘 먹는 게 잘 살고 있는 것입니다

있다는데

사랑 보이지 않지요
사랑 희망이지요
바라만 보고 보고도 믿지 않고
믿고 있다는 의미와 뜻이 담아져 있고
담을 수 있다는 이미지이자 형상화입니다
뜻이 있고
이지(理智)가 있고
있다는데
에고가 있다는데
있는 거지요

따라가기

긍정이 절제되고 있다
고향을 보려고 했는데
아직 잠에 들어
깨어나지 않고
사는 것이
참 삶이라지

물길이 알려주니
물길을 따라가고 있지
따라가기만 하면
물길은
물꼬를 터트리지 않을까 싶네요

우정의 친구

러시아 여자아이는
미국 여자 친구 찾아
힘들게 노래 부를 때
보고 싶어져 그립다

외로움인지
보고 싶다는 것은
변함없는 우정의 친구로
지내고 있다는 거지

사는 길을 말해 줘
어디서 찾아볼까
그리워지지만
왜인지 알 수 있을까요

미루지 않고

정리하는 시간
준비하는 시간
따로 떼어 놓은 것
아니라기에

미리미리 미루지 않고
사는 것이
잘 사는 게 아닐까 생각합니다

지금
당장
후회하지 않는
인생을 살았노라
막 살지 않습니다

잘 먹고
잘 자고
내일 아침에 일어나서
출근합니다

제 2 부

찾아가는가

왜 먼저 가나 친구

그냥 그러려니 하고 있는
그리워하는 마음 채우고 있는데

그리움 채워지기 전에
아프면 안 돼 안 돼 하는데

아픔 없는
아프지 않은 곳
왜 먼저 찾아가는가 친구

기차를 타

기차를 타
오랜만에 승차권을 사고
기차를 타
바뀌었어 모든 게
난 당황을 했지
처음엔 내가 모르니까
세상이 방법을 바꾸고 있었어
편리하게
사람을 쓰지 않고
기계 장치에 모든 걸 맡기고 있는 거야
나는 줄을 섰어
기계에 익숙하지 않아
사람이 내주는 승차표를 받길
내가 바라고 있는 거고
기차를 타

대중교통

대중교통이라는 게
여러 사람이 이용하는
공용 교통수단을 말하지

자기 혼자만 사용하는 것은
자가용이라 하고
승용차이지만

버스 택시 지하철 전철 기차
여러 종류로 나누고 있지만
선택은 나 자신이 하는 거고

내가 갈 목적지를 가는
대중교통을 이용하면 되는 거고
그때그때 나를 태워 주니 편하지

걸어가면 먼 길을 가야 할 곳을
빠르게 이동시켜 주잖아
축지법을 대중교통이 바꾸어 주었어

고속버스 승차권

고속버스를 타기 위해
고속버스 터미널에 갔어
승차표를 구매하고
버스를 타기 위해 기다리고 있었다
버스가 플랫폼에 들어오고
앞문 계단을 올랐는데
승차표 확인하는 승무원이 없는 거야
그냥 표에 적혀 있는 자리로 가면 되는데
바코드를 읽게 되어 있었어
바코드를 어디에 읽혀야 되는지
난 고속버스 승차권 갖고 있는데
어떻게 읽게 해야 하는지 몰라
뒤따라 오르는 승객이
여기에 이렇게 하라고
앞에 먼저 승차한 승객이
여기에 이렇게 대라고 알려 주었지
고속버스 승차권
바코드로 바뀌고
처음이라

편의점 결제

컵라면을 사기 위해
편의점에 들어갔지
컵라면을 들고 나왔는데

신용카드를 사용한다
현금을 사용하지 않을 때
현금이라는 것은 카드로 바뀌고

일원의 결제도 카드로 할 수 있어
아니 카드로 결제를 하도록 강요하는
시대에 내가 살고 있는 거야

바뀌는 거에 익숙하지 않고
바뀐 것에 따라가야 하고
내가 사는 세상 속으로

아지랑이

아지랑이가 꾸물꾸물
꿈틀거리고 있어

어디에 있냐 하면
기차선로를 따라
움직이고 있다는 거지

착시를 일으키고 있는 거야
아니면 자연현상이야

뜨거움과 싸우는 선로
아지랑이와 선로는 꿈틀거리고
지면 위로 굽어져 보이게 한다

커피전문점

길거리를 걸어 다니다 보면
눈에 보이는 게
왜 이리
커피전문점이 크게 와닿는지
숭늉 먹는 냥
아니 숭늉이 어디로 행방불명된 거지
밥을 먹었으면
숭늉 먹었는데
밥값보다 비싼 커피를
꼭 마셔야 입가심이 된다

장마

비가 오시지
여름에 오시지
님이여 내려오소서
불러도 오시지 않더니만
여름이란 계절은 알고 계셨으니
반갑게 맞습니다
기우제라도 지내야 한다
가물어 저수지가 말라 있고
논밭이 쩍쩍 갈라지는 틈새로
물 한 동이 나를 수 없는 가뭄
비 님이 알아서 오셨습니다
난리가 났습니다
물난리예요 야속하게도
너무 많이 뿌려 댑니다
양수기로 퍼붓듯이
마구마구 붓고 있습니다
한쪽에선 물난리
한편에선 마른 가뭄
중간이 없습니다
바라보고만 있습니다

공기

간다는데
가려고 왔는데
잡으려 해
잡는다고 잡히나
공기인데
주먹으로 잡아채려 해도
잡히지 않는데
자꾸 잡아채려 하고 있다
빠져나가는 게 아닌데
빠져나가려고 했던 것도 아닌
공기인데
공기라고 이름 붙여 놓고
잡으려 드네
잡든지 붙잡든지 해보라고
공기일 뿐

자두

6월의 과일을 찾으시나요
6월의 주인공 자두예요
이름 예쁘지요

자두
자꾸 두고두고 떠오르는
보고 싶은 애인의 이름으로

곱디곱게 간직해 두세요
잊혀지지 않는
당신의 애인 되어줄게요

한입에 쏘옥
볼우물 터지게 하는 자두예요
6월에는 자두와 놀아요

은행과 살구

노란 게 은행 열매를 확대해 놓은 거 같은 게 껍질은 은행 열매와 같아 보이는데 냄새는 달달하네 은행은 냄새가 고약하다고 하며 도시의 거리에서 뽑아내고 있지 사람 냄새 은행 같은 냄새를 풍기는 사람들 사람 냄새 살구 같은 냄새가 있다고 하는데 나는 어느 냄새를 풍기고 살아야 하는지 냄새는 맡는 사람들에 달려 있어 은행이 씨앗이 맛있다는 것을 알아 맛있으면 다지 맛있게 먹을 수 있는 은행을 왜 냄새난다고 안 먹을 수 있어 맛있게 먹을 수 있는 씨앗 은행 씨앗이야 살구는 씨앗을 안 먹어 육질이 부드러운 살구 열매를 먹지 씨앗을 먹느냐 육질을 먹느냐 그건 네가 선택하면 되고

태풍

러시아에서
지원군을 보내줘야지
보급품을 지원해 줘야지
자금이 달려
지원을 못 하고 있어
사람들에게 고통을
아픔을 주면서

러시아에서
태풍을 일으켜
사람들을 죽이고 있어
지원도 못 하고
보급품도 지원 못 하면서
사람들을 태풍으로 죽이려 드네

우크라이나에서
끝까지 저항할 거라고
내 땅 내 조국 내 나라
영토 조금도 줄 수 없기에
국민에게 죄짓는 행위 안 해

태풍급 침공이 진행되고
러시아가 자연 태풍보다
거세게 몰아닥쳐도
우크라이나는 살아있어

태풍과 파도 해일

바람이 친구야
바다 속에도 친구로 있어
바다 밖에도 친구로 있어
친구가 있어야 놀 수 있어
혼자서도 잘 놀다가
친구가 오면 반가워
놀이터가 파도치기 하는
놀이터가 태풍을 만드는
친구와 함께하면 신나
춤추고 고래고래 소리를 질러
태풍과 파도는 친구야
바다와 육지 연륙교
친구 된 태풍 파도가 안아줘
이쁘다고 안아주지만
아파 고통을 주는 친구로 바뀌고
태풍과 파도 해일 친구도 오게 해

바람

바람이 심하게 부는 날
바람 불어 좋고
시원하게 불어 주는 바람
땀을 식혀주니 좋고
바람은 내가 바라는
소원을 들어주는 바람과
동음어이니 좋고
바람이 불면 좋은
바람으로 바라보면
좋은 바람이라 좋고
빛으로 보이는 바람이 되니
바람이 빛이 되어 오네

능소화

기도하는 소원을 빌면서 피워 오른 꽃이다
하늘 향해 고개 들어 올리고
살아있다는 외침 구름에게 말하고
전설에 갇혀 있는 소화를 소환하는 바람 되어

그리움으로 살겠다는데 사그라들게 하여
말라가는 몸으로 영양실조가 될 때까지
님 향한 그리움이 사무쳐서
사랑만을 먹고 살으려 했다

능소화다 하늘 향해 얼굴을 들고
상사화다 구름과 바람에게 말을 전해 달라고
어사화다 자존심을 버릴 수 없어
양반꽃이다 꼿꼿한 지조를 갖춘

붙어있으면서도 님을 그리워하고
님 그리며 사는 꽃으로 태어남을
사랑 찾는 님 그리워하기만 하는
사랑꽃으로 갇혀 있다

장마 2

뒤집어쓰고 오는 거 있다
보자기 쓰듯이
안녕 안녕하며

밤에 국지성 호우 내리고 있다
야행성이다
아열대 기후로 바뀌고

지구 온난화
대기 기류 불렀다
소나기 되어 왔다 간다

잠복근무 나왔나
어둠이 내린 별빛
구름 되어 미행한다

수국

숲을 이루었구나
동산으로 야트막하게

봉우리를 만들어 놓고 있구나
빛을 반사하고

그늘을 이루고 있구나
보라와 흰색이

봉오리를 다투어 자랑하고 있구나
물오른 산야를

착하게 사는 길

어떻게 생각하십니까 가진 재물로 먹고 머물며 어라
두둥둥 라이라이라 북치고 꽹과리 울린다 더 많은 것
들로 애인을 찾다 보니 나를 바라본다 내가 누려야 했
던 행복이라 생각했던 것과 다르다 재물을 탐내는 인
간이 살아가는 세상이다 돈으로 가치를 따지고 있다
이렇게 끝도 없이 그냥 살아가는 것은 아니지라고 생
각한다 돈 없으면 사람 구실 못합니다 돈 벌어야 하
고 기력과 체력이 다할 때까지 일해야 합니다 나 먹
고 너 먹고 살 만큼 있으면 다인 줄 알았다 그게 아니
랍니다 내가 누려야 했던 행복과 다르다는 생각을 했
다 먹고 자고 싸고 숨 쉬면 그게 다 아니란다 애인을
찾습니다 독거노인으로 독거사 하지 않으려면 애인이
원한 수준으로 맞추도록 하겠습니다 아직 잠에 들어
깨어나지 않고 있구나 꿈길 이렇게 말했네 인생은 별
게 아니야 내가 착하게 사는 길을 가고 있다는데 애
인이 찾아오고 있는데 그리움 존재합니다 사랑합니다
사랑합니다 하면서 찾아볼까

매력(魅力)

애인을 소개시켜 달라고
초등학교 여자 친구에게 말하니

나는 매력이 없다네요
나는 이렇게 답했지요

매일 역사는 기록이 됩니다
매력이 있다는 것입니다

그러니 이렇게 답하더군요
말은 잘한다 내가 말을 잘한 건가

답답하다

어딘데
집

바다 가고 싶다
배 타고
답답하다

아들내미 차 빌려서 드라이브하며
바람을 가르고 달려보든지

답답한 마음이
건강한 영혼의 헌신

눈물을 흘려도
슬픔이 가시지 않는 이상

외로움에 젖어 있을 때
단순해지고 순수해진다

반복

두 번째 보낸다는 것은
진심은 반복으로
습관화하는 과정을 거쳐
현재의 나를
여기에 불러세웠다는 거야

씨앗 4

내가 당신을 선택해
꽃잎 되었습니다

함께 살고 싶어
계절 바뀌게 했습니다

꽃잎을 피워
씨앗을 키우게 했습니다

씨앗을 퍼뜨리려
떠날 채비를 했습니다

워킹 맘

사랑은 주고 베풀고 나눠주는 것
그러나 거저 주고 나는 빈껍데기
푸념을 하는 거지 워킹 맘의 마음
여기까지 왔는데 남아 있는 허전함

별거 없이 별 탈 없이 앞만 보고 왔지
뒤돌아볼 엄두가 없었고

보고파도 여유가 없었다는 핑계로
나는 빈껍데기가 되었다는 허전함

군자란 2

피었다 지는 게 자연의 순리
내가 좋아하는 화초
곱씹어야
가슴에 들어온다

무말랭이처럼
아드득 아드득
영원함은 없어 군자란은
씩씩한 꽃인데

이별이라 함은
꽃이 지는 것을 의미하나요
오랜 기다림에 피기는 한다마는
꽃이 피는 것을 의미하나요

그리워한다

오늘도 따뜻한 사람이 되세요
건강하시고 좋은 하루 만드세요
기억을 보관하려 했는데
우리가 삶을 다할 때까지

땅이 누구를 위해
사랑이 존재하는 것일까 하는데
하늘이 나에게
배려를 할 때가 된 거 아니야 하는데

떠나지 않는 그리움
떠나지 못한 그리움
채워지지 않는 그리움
채워지지 못한 그리움

삶을 다할 때까지 그리워한다

눈물 1

눈물이 많아
그게 눈물이라고 하고
으뜸 눈물이라나

최고의 물을 찾아 나섰다
기쁨의 물을 샘에서 길어 나르기도 하고
슬픔의 물을 샘솟게 푸어 올리기도 하고

눈물 살아있는 생명 삶을 고단해 하는
눈물 죽어가는 생명 생을 마감해 가는
눈물은 기쁨과 슬픔을 준다

눈물은 샘이 있어 나왔는데
눈물은 샘에서 흘러나왔다가 말라버렸어
눈물은 샘이 말라 안 나온다

눈물 2

눈에 그렁그렁 맺혀 있어
눈물이 뚝하고 떨어지는 게 아니야

줄줄 흘러내리기 시작했어
한 방울씩 떨어지는

그리움인지 아픔인지 사랑인지 모를
눈물이 맺히더니

이유 없이 알 수 없는
눈물 사랑이라 믿고 싶어

고라니 1

서부전선 철책으로 가로막혀도
고라니 울음소리 들린다
야밤에 달빛과 별빛이
조명탄을 쏘아 올리는 밤
아이 울음소리 들린다

처음엔 그랬다
철책 너머 방책선 안에
아이가 울고 있다
사람의 아이가 울고 있다
자유로운 영혼이다

어제 울던 고라니
이제는 울지 않는다
어젯밤에 폭발음 들리더니
아이 울음소리 들리지 않는다
평화의 종 깨졌다

슬프게 우는소리 들려온다
여운이 남아있는 소리
다시 들려오는 울음소리
울음소리는 영혼 되어
자유와 평화를 외치고 있다

고라니 2

노새를 닮아 있어
귀가 쫑긋하이
체구도 날씬한 게
빠르게 달리는 게
잽싸게 도둑질을 하고 달아나는가 봐
한가로이 먹이사슬 하다
놀라기는 토끼 같네
먹는 것도 한가로워
여유롭게 먹는 것 같으면서도
주위를 경계하고 먹어
밥 먹는 게 쉬운 일이 아냐
고라니는 알고 있어
먹고 살기 힘들어도
잘 먹고 있는 걸 보니
먹고 살기 살만한가 봐
먹는 것도 도둑질하듯이 먹어

고라니 3

귀여워 모든 게 다 귀여워
놀래 모든 걸 다 놀래
갈대에 숨어 보이지 않아
머리만 스쳐 지나가
갈대를 쓸고 지나가며
슬쩍슬쩍 몸통도 보이지만
빠르게 달리기해
껑충껑충 나타났다 사라지는 고라니
채팅방에 들락거리는
고라니라는 닉네임도 있는데
오르락내리락하는 고라니
채팅방 고라니 아냐

제 3 부

씨앗 1

생명의 말씀으로
한 알의 밀알이 되고
밀알은 씨앗이니
만백성을 구원할
한 톨의 기적을 이룰 것이다

지구에 식량이 부족해지고 있다
새로운 식량자원을 찾아
부족한 식량으로
인류를 구해야 한다

기아에 허덕이는
인구가 증가하고 있다
곤충에서 찾아야 한다
식물에서 찾아야 한다

난리법석을 떠들어도
인구 팽창과 지구의 환경 변화
층층이 어두운 그림자
기아에 허덕이고
식량자원은 부족하고

씨앗 2

땅에서 자라야 한다
씨앗의 진실은
진리의 말씀

땅의 영양분을 흡수하여
싹을 틔울 수 있는 씨앗
땅이 어머니인 씨앗

태반이 동물의 아이를 키우듯
땅이 씨앗을 꽃으로 피운다
씨앗은 또 다른 씨앗을 낳고

번식을 위한 생명의 소중함
꽃피워 곤충에게 생명을 나누는
존재로 땅에서 자란다

씨앗 3

큰 것도 있고
작은 것도 있다
큰 것은 큰 것대로
작은 것은 작은 대로

열매가 되기도 하고
씨앗이 되기도 한다
누가 열매가 되고
무엇이 씨앗이 되는가

선택은 사람이나
날짐승들이 한다
찢고 발라놓아 땅에 떨어뜨리고
먹고 싸서 땅에 떨어뜨려 놓고

씨앗이 땅과 함께
어울림 하게 되니
땅과 더불어 살아가며
꽃을 피우고 또 피운다

저수지

가두어 두고 있다 누가 사람이 인공적으로 만들어
놓고 가물어 논 밭이

상모돌리기

상모를 돌리네
팔자로 돌리네
머리에 쓴 모자에 달린
긴팔이 된 하얀 끈

팔을 하늘로 올리고
팔을 땅으로 내리고
팔을 뻗으며 손잡네
단군의 얼을 찾아서

인내천 정신 기리며
정착된 삶을 찾았네
농사를 짓고 풍년에
고마움 전한 농악무

사람과 하나 되었네
팔을 하늘 땅 뻗어
손잡고 하나 된 공동체
농악무 상모돌리기

옹헤야

옹헤야 옹헤야 돌고 돌고
살아가기 신명나는 노랫가락
기뻐 춤추게 하는
어깨 들썩거리게 하는
분수처럼 하늘로 뻗어가는
태풍을 몰고 오듯
마구마구 바람이 가락되어
옹헤야 옹헤야 휘몰아칩니다

옹헤야 옹헤야 돌아 돌아
살아남기 어깨 들썩 춤을 추니
즐겨 노래하고
가슴의 노래 부르게 하는
뿌리를 땅으로 내리는
지진을 일게 하는
마구마구 지진이 춤이 되어
옹헤야 옹헤야 휘몰아칩니다

판소리

판에 박혀있는 이야기 구성이 판소리야
구전되어 내려온 이야기야
사람이 사람에게
입에서 입으로 전한 이야기야
언제 어떻게 전했는지 족보가 있어
구전되던 이야기
입담으로 입에서 입으로
정착한 한반도 문화야
문화 전통문화 대대로 전해진 거야
누군들 야심을 가졌다고
문화 침탈을 하겠나
못하지
보는 눈들이 있어
진실은 사실로 남았어
유형은 유형대로
무형은 무형대로

안경

동그랗게 길쭉하게
변화무쌍 협객이 된다
칼을 들이밀고 차야
눈앞을 분간한다
없으면 앞뒤 가리지 않고
보이지 않고 흐릿하니
물불 따질 일 없다
칼집은 테로 되어
울타리를 친 듯
칼을 둘러싸고 있다
치장하고 꾸미는 것은 자유롭다
명품도 있고
그냥 평범한 녀석도 있다
잘 보이면 다야 라고 생각하나
욕심이 그게 아니다
잘 보이고 명품이면 더 좋다

먹구름

하늘길 달리고 달려
먹구름 되었어요
왜냐고요
편지를 전하래요
누구에게
풀과 나무와 숲과 온갖 만물에
생명수 담은 편지를 전달했습니다

우표

어린 시절 우표책에 담긴
소인이 찍혀 있는 우표와
우체국에서 줄 서서 사놓은
우표를 보고 있다
아련한 기억의 자투라기
한장 한장 들여다보니
그 기억이 생생히 떠오르지 않는다
생각으로는
한장 한장에 대한 돌아봄의 아련함 알지만
우표를 모은 재미는
실감 나게 기억하게 된다
지금도 가끔 우체국에서
새로나 온 우표를 찾아 구입을 한다
지금은 편지가
디지털로 돼가는 세상이 되자
우표를 사용하는 경우가 거의 없다
대량으로 발송하는 것도
우표를 사용하는 경우
해당되는 것이 없다
기억과 추억과 함께 살아간다

우체통

빨간통이예요
편지를 보내드리는
빨간통이예요

편지를 전달했습니다
빨간통인 내가
빨간통이예요

입에서 입으로 전한 이야기
편지를 전하래요
누구에게

풀과 나무와 숲과
온갖 새와 짐승의 안식처에
멀리 있거나 가까이 있거나

사는 곳으로 전달하래요
누구에게 빨간통에게요
그리움과 사랑을

지인들에게 선물해 주시면 됩니다
빨간통이예요
멀리 있거나 가까이 있는

우체국

제비가 날아와
날아갔다 와
강남제비가 날아와

우체국에서 제비를 키웠는데
강남 스타일이 좋아
이쪽으로 또는
저쪽으로 가는 길이다

제비에게 맡기고 있다
고향을 향해 해를 품고 있다
한이라고 말했다
날아가 나를 바라본다
내가 가야 할 나그네 같은
여행을 떠나기 전에
한번 돌아봄의 약속을 지킨다

나에게 보내는 편지다
만남 그리움
우체국에 멈추어 있다

제비가 오는 여름 가을 겨울
봄이 오는 세월을 맞아
나에게 보낼 편지를
고민을 한다

따스미

따뜻해 포근하게 안아주니
따스하게 느낌이 촉감이 왔다
따뜻한 가슴이 떨리고
힘이 빠져 보고 싶어져 그립다
같이 사는 길을 가고 있다
애인이 찾아오고 있다
그리움 존재합니다
사랑합니다
사랑합니다 하면서 찾아볼까
그리워지지만 그리운 사람
외로움을 달래준다
보고 싶은 마음 가시질 않는다
사진을 볼까
동영상을 볼까
그리워지지만
당신의 따스한 가슴에
꼭꼭 껴안겨 볼까

강아지풀

꼬리를 흔들어
사랑한다고 꼬리 치고 있어
애교를 떨어야만
사료를 주니까
애교를 떨고 있어
사랑받고자 해

해가 바람이
구름이 서로 다투어
귀엽다고 쓰담쓰담 해주니까
쑥쑥 잘도 자라는
꼬리를 물고 있다
가녀린 어깨선

야리야리 허리선
쭈우욱 뻗은 다리 선이 있다
가을 하늘 향해 얼굴을 들고
하늘 땅 뻗어 손잡고
함께 어울리고
끼리끼리 뭉쳐 살자

사람들에게
태양이 흩어져
아래로 아래로 내려가
태어난 강아지풀

수련

연잎이 붕 떠 있다
뿌리는 붕붕 떠 엉켜 있다
꽃대는 붕붕붕 떠 있다
마음이 이렇듯 붕붕붕붕 떠 있는 것일까
연처럼 떠 있다
떠 있어도 엉켜서 떠 있어도
제자리를 지키고 떠 있다
이곳저곳 떠돌아다니지도 않고
사는 길을 가고 있다
물에 담가 두었던 마음이다

국수

비 오는 날이다
분식 많이 많이 먹고 먹는다
식성이 있는 것이다
입맛으로 정착한 먹는 것이다
입맛이 없어도 먹고 싶어 한다
나는 그냥 입맛이 당긴다
국수를 먹는다
김밥도 같이 먹으면 배불러 좋다
국수가 불어있어도
열무김치에 비벼 먹어도
동치미 국물에 말아 먹어도 맛있다
국수는 김치와 비벼도
김칫국물에 말아도
잔치국수가 된다
국수가 여름과 겨울의 계절을
차례차례 죽여간다
국수가 입으로 전한 이야기다

안개

뿌옇고 흐린 게
앞을 가리고 있다
연기가 되어
내 몸을 둘러싸고 있다
자연현상에 대한
돌아봄의 아련함이다
알지만 그래도 짧은 시간으로 살자
이제 혼자 사는 혼족도 있다
둘이 하나이기에
홀로서기를 한다는 게 불안하다
불완전한 홀로서기를 하여
상쾌함 보고 싶어진다
이름답다 같이 사는 사람이
사람을 그리워하는 마음
외로움에 젖어 있을 때
보고 싶어진다

지금 집에 계시는 분들
모두 잘 먹고 잘 자고 잘 싸고
내일 아침에 일어나서
밥 굶지 않는다
답답한 마음이
이렇듯 외로움에 젖어 있을 수 있다
사랑 넘치는 눈으로 말한다
안개가 끼고 있는
그리움 존재한다
감사하며 사는 곳으로 가는
세상이 다르다
어차피 내일을 살펴보는
안개가 끼고
내일은 꼭 도달하리라
다짐한다
사는 길을 말해 봐

코로나19가

코로나19가 전진하고 있어요
내가 가야 할 나그넷길 같은
여행을 다녀요
아침 일찍 변종이라는 코로나19가
슬픔 비애 눈물을 흘리게 하며
그 자리에 있는 것이에요
함께 어울리고 뭉쳐있는
코로나19가 변종이라는 것을 알기에
내 눈에 눈물을 흘리고 있어요
코로나19 변종이 날아가 나를 바라보고 있어요
내가 가야 할 나그넷길과 친구 하자고 합니다
코로나19 변종이 잠잠해지면
친구와 어울려 바람처럼
여행을 다니며 즐겁게 살려 하고 있어요

옥수수 1

파란 들판에 푸른 산자락에
언덕배기에 터를 잡고
수염을 삐죽 내밀고
장대 마냥 키 크다고 자랑하고
전봇대처럼 우뚝 서 있다

잎은 비틀어져 있어도
껍데기 뒤집어쓰고 있어도
꼿꼿하게 서서
사탕수수 줄기마냥
길쭉하게 위로 서 있다

구황작물로 먹던 식량자원
별미라고 건강에 좋다고
기아에 허덕이는 사람에게
식량자원 확보 위한
품종개량 재배환경 개선한다

옥수수 2

바로 서기 연습을 하고 있다
서서 있는 연습한다
척추를 활용하면 가능할 것이다
척추관협착증을 예방하는데
시간이 걸리더라도 필요하다
해바라기는 지금
허리디스크에 걸려 연습하고 있는 것이다
꼿꼿한 지조를 갖추고 있다
바로 서기 연습을 하는 해바라기다
님을 그리워하고 있다
해를 품고 있다
해를 향한 그리움이 사무쳐서
쌓이고 쌓여 있다
살랑살랑 바람이 가락되어 있다
해를 향해 고개 들고
하늘 볼 해바라기
허리선 쭈우욱 뻗은
바로 서기 연습을 하고 있다
서서 있는 연습한다

척추를 위해 복원 작업 이루고 있다
해를 안고 산다
해를 오히려 좋아요 하면서
해를 따라간다
해바라기가 부러워하는
옥수수가 되어
해를 끌어안는다
영글은 열매는
구황작물이었다
아직도 기아에서
벗어나지 못한 나라가 있다
아쉬울 겨를 없는
식량부족 국가에서
제일 좋아하는 옥수수

친구

그냥 친구야
그냥 좋아
왜 그냥 친구니까
친구가 전화를 해주고
SNS로 이미지 인사를 보내고
우린 그냥 친구니까 좋아
매일매일 소식을 전하고
매일매일 안부를 물어야
안심이 되는 그냥 좋은 친구인 거야
싫은 게 없어 좋아
그냥 친구니까

오늘이더라

떠나간다
어디를 가시는지
지난 일이 지난 일이 아니라는
그 지나간 날이
오늘이라 하면서

돌아온다
무엇을
어디까지 바라볼 날인지
기다리는 날이라고 말하면서
돌아오기에 기다린다

돌아왔다
어디에 갔다 왔어
지난 일도 오늘 일도
내일을 보고 있는 듯하지만
여전히 오늘이었어

갈 데도 갈 곳도 오늘이더라

제 4 부

노안

안경을 써야 한다
돋보기라도 써야
글자가 또렷이 보인다

노안이 왔다
작은 글자가 눈에 들어왔다
잠시 잠깐 머물더니 사라져 버린다

글자가 눈에서 없어졌다
내가 글자를 내 눈 밖으로 버렸다
눈 뜨고 있었는데 아지랑이처럼 사라졌다

내 눈에서 사라진 글자는
눈 뜨고 코 베인 거다
세상에 별꼴도 다 본다

악어 이빨

나이를 먹었나
이빨이 빠진다
그동안 먹기 위해
씹어주던 이빨이
잇몸에 붙어있기를
못하고 지쳐서 쑥 빠진다

이빨은 악어 이빨을
닮았어야 한다
빠져도 다시 나고
악어는 전담 치과의사도 있어

악어새가
악어 이빨 관리를 해주잖아
이빨이 빠져도 다시 나는데
왜? 사람은 한 번만 다시 나지

박사

똑바로 사는 게 뭔지 모른다
거꾸로 살기에 더 모른다
모르는 게 나이와 같다

세월이 가고 시간이
나를 스쳐 지나가니
점점 모르는 게 더 많아진다

알려고 덤벼들었다
넓게 알려고 한다
박사다 나는 박사를 꿈꾸고 있다

이 세상에 있는 모든 것들을
알고 싶은 호기심이 커져가고 있다
외워야 할 것들이 많아졌다

치매 예방도 되고
기억력 감퇴도 잊게
배울 거 많아 좋다

꽃 피고 지고

산에 피는 꽃은
만물의 상징이요
산에 지는 꽃은
세상의 의미요
산에 피고 지는
꽃은 사랑이다
산에 산에 꽃피고
산에 산에 꽃이 지고
꽃이 피고 꽃이 지는
사랑은 참으로 좋다

가족이더라

밥벌이하더라
전국을 돌며
가족이라 하더라

식구로 밥같이 먹는
밥벌이를 하기 위해
유랑을 떠돌아다니더라

밥벌이가 힘들어지더니
따로따로 가족이 밥벌이를 위해
내 곁을 떠나게 했더라

가족이 해체되더라
홀로 서로 따로
밥벌이를 하게 됐더라

눈물 맛이 다르더라

헤어진다고 생각하니
슬퍼 눈물이 나오더라
살아 헤어져도 슬프고
죽어 헤어져도 슬퍼지더라

만난다고 생각하니
기쁨의 눈물이 나오더라
기뻐도 슬퍼 나오던 눈물이
똑같이 흘러나오더라

눈물이 의미는 다르더라
슬픔의 눈물은 짭짤한 맛이 나더라
기쁨의 눈물은 달콤하더라
눈물 맛이 다르더라

오늘 되풀이하더라

매일 똑같은 현상이 일어나고 있다
오늘이 지나간 것을 들추어 내려 하고
똑같은 말로 되풀이하고 있다

무엇이 진정코 다른 것인지
어제의 일이 오늘의 일로 반복되게
되풀이되고 있다

오지 않은 미래에 대해서도
오늘을 말하고 있다
똑같은 말로 되풀이하고 있다

손님이라더라

몸 떨어져
어머니의 몸으로부터 떨어져
내려왔을 때
우리는 세상의 손님이 되었다

손님은
귀하고 천하고
부하고 빈하게 갈라진다
손님인데

우리는 다른 환경에서 태어나
부귀 부천의 손님이라더라
사람이 정한 계층에 의해
다르게 태어나더라

죽을 때는 같더라

사람이 죽을 때는 같더라
태어났을 때와는 다르더라

죽을 때는 같더라
손에 쥐고 갈 게 많은지
두 주먹 꼭 쥐고
소유하려는 꿈을 꾸며 태어나더니

죽을 때는 같더라
두 주먹 쥐지 못하고 죽더라
가져갈 게 하나도 없다고
두 주먹을 쥐고 있지 않더라

사람이 죽을 때는 같더라
태어났을 때와는 다르더라

할머니

꼬부랑 할머니는 병이란다
허리 척추병이란다
나는 할머니가 되면
모두 꼬부랑 할머니가 되는 줄 알았다
그런데 요즈음엔
누가 할머니인지 알 수가 없다
내가 눈이 멀었나 보다
할머니가 할머니로 보이지 않는다
내가 나이를 너무 많이 먹었나
먹어도 배가 부르지 않아
배고프니 할머니가 할머니로 보이지 않아
나이는 허투루 먹는 게 아니라
또래는 할머니로 보지 않는다는 거겠지

현실 2022년

친구가 스마트폰을 바라보기에 무엇을 그리 자주 스마트폰을 들여다보게 하는 거냐고 물어보았다 손주가 노는 모습이 담겨져 있는 스마트 폰을 보여준다 내리사랑이라고 친구는 자기의 유전자를 내려받은 손주가 그리 자랑스럽고 대견한 듯 영상 속으로 보이는 손주를 들여다보는 게 매일 즐거운 이상이 되었다 세태가 변하였구나 같이 대가족 사회를 이루어 삼대 사대가 살던 시대가 엊그제였는데 이제 혼자 사는 혼족도 있고 둘이 살되 아이를 낳지 않고 둘만 즐겁고 행복하게 살면 된다는 부부도 있고 부모 아래 더부살이하는 캥거루족도 있다. 교육비 부담도 있고 집 마련할 현실이 안 되고

오고 가는데

가는 거보다 오는 게 좋다 하더라 그런데 그것도 아닌
듯하다더라 태풍이 오면 좋아 쓰나미가 오면 좋아 화
산이 분출하면 좋아 지진이 나면 좋아 내가 생존하는
데 내가 살아있기에 좋다는 거잖아 내가 죽는데 내가
죽어가는데 그래도 오는 게 좋아 반대로 생각하면 그
렇다는 거지 가는데 좋은 것도 많고 오는 게 좋은 것
도 많아 오고 가는데 한쪽으로 치우치지 않기에 살아
가는 거고 살아있는 거라 하더라

인생

나의 인생은 나에게 있고
너의 인생은 너에게 있다

돌려줄 거다
세상에 빚진 인생이라면

금전으로 빚진 인생이라면
받은 대로 금전으로 돌려준다

아니 그러면 네가 손해 본다고 생각할까?
받은 빚 두 배로 돌려준다

부족하다고
그냥 무한대로 백지수표 써줄까?

인생은 너의 것이니 너의 뜻대로 살아라
인생은 바라는 대로 다 이루어진다

가수는 가수가 부르는 노래 따라 살고
시인은 시인이 쓰는 시 따라 산다

작아져

안개 낀 거라면 좋았지 자연스러우니까
스모그라 해도 안개인 줄 아니까 그런대로
미세 먼지 그럭저럭 좋았지
초미세 먼지는 약간 주위를 돌아보게 됐지
점점 작아지기만 하니 이게 뭐가 뭔지
서울시는 2017년부터
고농도 미세 먼지가 발령되면 차량 2부제 시행
작아지고 작아져 고농도 미세 먼지 되네

말놀이

말 뒤집기 놀이
인연 연인은 서로서로 사랑하고

평화 화평 같은 듯 아닌 듯하고

살자 자살은 살려 하나 내가 죽네

말 바꾸기 놀이
사는 게 다 그렇지 뭐 하면서
그렇게 살지 않으려 발버둥 친다

인생 뭐 별거 있어 하면서
별거 있게 별나게 살고 있다

이 또한 지나가리라 하면서
과거에 묶여 살려고 하더라

유행가

유행가는
너울너울 격랑의 거친 파도를 가로질러
사랑의 정곡을 부르면서도
사랑의 변주곡을 노래한다
행복
기쁨
불행
슬픔
사랑 노래한다

당신을

그리운 당신을 찾아 나선 날
그리운 당신은
그리움으로 그대로

외로운 당신을 찾아 떠난 날
외로운 당신은
외로움으로 그대로

고독한 당신을 찾아 보낸 날
고독한 당신은
고독함으로 그대로

사랑한 당신을 찾아 찾아가
사랑합니다 당신을
당신을 사랑합니다

제목 : 당신을
시낭송 : 박영애
스마트폰으로 QR 코드를 스캔하면
시낭송을 감상할 수 있습니다

뒤집어

마음가짐이 몸가짐으로
몸가짐이 마음가짐으로
앞뒤를 뒤집어
내가 뒤집개가 되어 있으니
뒤집는 게 뭐 대수냐?

유령 유혼이 영혼이니
유혼 유령이 혼령이니
앞뒤를 뒤집어 놓아도
뒤집는데 뭐 대수냐?

설거지

기계가 대신해 줘
설거지를 하는데
사람이 초벌을 해

기계에 나란히 올려놔
세제가 나오고
물이 뿜어져 나와

사람이
선반에 꽂아 놓은 그릇 꺼내
설거지 기계가 해 주어도

사람 손도 타야 해
사람과 기계 합작품이지
도우미 역할은

사람과 설거지 기계
동반자가 되어야 할 때
가능하다는 거야

세탁기

저 혼자 돌아가는 게 아니에요
주인님의 손길이 필요해요
따뜻한 물 차가운 물 선택은 주인님이
선택한 물로 세탁은 제가 합니다

세탁기와 사람의 의사소통은
버튼으로 하던지 터치식으로
기계가 인공지능이라 하기는 하지만
사람과의 대화는 필수라지요

청소기

기계식 청소기는 나의 분신
빗자루와 쓰레받기 역할은
진공청소기가 전기적 신호에 따라
나의 수족이 되어
따라오면서 끌려다니면서
바닥에 있는 오물을 수거하는
충실한 하인
내가 가는 곳마다 진공 흡입을 한다

밥벌이하던 날이더라

시작이 반이라더라
오늘이 시작하는 날이더라
밥벌이하는 날이더라
가난이 아니더라
그저 밥벌이하는 날이더라
식당에 그것도
그저 배고픔을 벗어나기 위해
밥벌이하는 날 아니더라
나의 목표를 향해 나아가는
밥벌이하는 날이더라
오늘이 첫 경험을 하였노라 하고 말할 수 있는
밥벌이하는 날이더라
식당에서 일하는 날이
오늘 밥벌이하는
첫날로 적혀진다

내면의 소리

아무 말이나 떠들어 되풀이한다
허튼 말을 아무렇게 내질러 된다
하고자 한 의도대로 떠들어 본다
내가 무슨 말을 어떻게 하든 상관없다
말로 떠벌려도 내게 하는 독백이다
혼잣말을 하니 허물없이 떠들 수 있다
소리가 나와 떠드는 것이 아니었다
소리가 없이 마음의 말로 나를 반성한다
말소리가 없어도 나는 성찰을 한다
내면의 소리가 알아 챙김을 하고 있다

유리문

유리문에 비쳐
전신을 감싸고 있다
똑같았다

양보하겠다고
길을 비켜주었다
같은 생각을 했는지

같은 방향으로 길을
비켜주었다
쳐다보았다

닮았다고
똑같다고
나였다

가시리

청산에도 살고
마음에도 산다
그리움이 산다
사랑 따라 산다

아프면 아픈 대로
슬프면 슬픈 대로
따라다니며 산다
그리움을 따르고

사랑 따라 다니며
머물러서 산다
떠돌면서 산다
사랑 따라 다니며

어디로 가려나
어디에 머물려나
가더래도 말하고
말하고 가더라

설날, 코로나바이러스 19

아들이 집에 온단다
딸이 집에 온단다
설날을 맞아 인사드리러 온단다
아버지인 나
어머니인 아내 보러
아들딸이 집에 온단다

조상님들
차례상 받을 생각에
자손들 만날 생각에
명절 제사날 손꼽아
혼이 되어
날아 날아와 있다

오지 말라 하였다
아들딸을 집에 오지 말라 하였다
조상님들 섭섭해하더라도
집에 온다고 하는 걸 마다했다
설날보다
코로나바이러스 19가 먼저 와있다

사랑이다

기다리는 기다림도 사랑이다
하늘이 주는 계절의 은혜를 기다린다
봄 여름 가을 겨울
축복받은 기다림 사랑이다

그리워서 그리움도 사랑이다
인생길 추억이라는 사진첩을 그리워한다
아이의 성장 과정 나의 인생길을 담고 있다
추억하는 인생길 사랑이다

슬프다고 느껴
슬픈 느낌을 가져도 사랑이다
이승과 저승을 가르고 갈라
황천 가는 길도 사랑이다

눈물을 감추지 않고
눈물을 흘려도 사랑이다
기뻐 흘리는 눈물 슬퍼 흘리는 눈물
기쁨과 슬픔 모두 사랑이다

희로애락

희안하게 생겼어
노인이라고 불러
애처럼 행동하지
낙상을 조심하래

고사성어

고집 부리지마
사서 고생한다
성깔 더럽다고
어른 말씀 들어

호들갑

왜들 그리 호들갑인지
나이 들었다고
나이 먹어 보인다고
머리는 하얀색으로
얼굴엔 주름살이
눈은 노안이고
이는 빠지고
귀는 가는 귀라 하고
혀는 짠맛을 못 느끼고
피부는 건조해지고
다리는 신경통이

토론

대화를 하고 토론을 해야 하는데
이런저런 핑계를 대고들 있다
시작하려 했으나
그간 지나온 길이 있어
서로 나쁜 이름표를 달아 주려고 한다
과거에 사소한 것을
대망을 위해
상대방의 짐을 무겁게 하려 한다
헌데 그게 말야
자신의 어깨 위에
바윗덩어리를 쌓고 있다

움직여라

송근주 제4시집

2023년 2월 20일 초판 1쇄
2023년 2월 23일 발행
지 은 이 : 송근주
펴 낸 이 : 김락호
디자인 편집 : 이은희
기 획 : 시사랑음악사랑
연 락 처 : 1899-1341
홈페이지 주소 : www.poemmusic.net
E-Mail : poemarts@hanmail.net

정가 : 10,000원
ISBN : 979-11-6284-428-1